AF363869

VENTE

A. TOULMOUCHE

CATALOGUE

DES

TABLEAUX, ESQUISSES & ÉTUDES

PAR

A. TOULMOUCHE

ET DES

Tapisserie, Cuirs, Étoffes, Chevalets,
Tableau ancien
Et Buste de Pajou, par Houdon (terre cuite)

Garnissant son Atelier

DONT LA VENTE AURA LIEU

Par suite de son décès

HOTEL DROUOT, SALLE N° 8

Le Lundi 2 Mars 1891, à 2 heures 1/2

COMMISSAIRE-PRISEUR	EXPERT
M⁰ Léon TUAL	M. DURAND-RUEL
56, rue de la Victoire, 56	16, rue Laffitte, 16

EXPOSITIONS

PARTICULIÈRE : Le Samedi 28 Février, de 1 h. 1/2 à 5 h. 1/2
PUBLIQUE : Le Dimanche 1ᵉʳ Mars, de 1 h. 1/2 à 5 h. 1/2

CONDITIONS DE LA VENTE

Elle sera faite *expressément* au comptant.

Les Acquéreurs payeront CINQ POUR CENT en sus des adjudications, applicables aux frais de la vente.

AUGUSTE TOULMOUCHE

Je n'ai aucune qualité pour juger l'artiste : je veux seulement donner à l'excellent ami que j'ai perdu l'expression d'un regret et lui envoyer au delà de la tombe un affectueux souvenir.

Depuis de longues années déjà, quand la mort est venue le frapper, Toulmouche était en possession de la renommée et il fut un temps où ses toiles, recherchées par les amateurs de tous pays, atteignirent, toutes proportions gardées, aux chiffres les plus élevés : on se les disputait, et son activité avait peine à suffire aux demandes qui devenaient chaque jour plus pressantes et sans cesse se renouvelaient. Affaire de mode, dira-t-on ; mais le talent de l'artiste, le choix de ses sujets et les élégances de son pinceau, n'étaient-ils pas pour quelque chose dans ce prodigieux succès qui, tout en classant Auguste Toulmouche parmi nos artistes les plus en vogue, l'avait mis en même temps au rang de nos peintres de genre les plus estimés ? Il aimait son art, travaillait lentement, mettait un soin extrême à donner à ses tableaux ce fini, cette délicatesse d'exécution, qui est une de leurs qualités prédominantes, et, s'il se surmenait souvent dans la pratique d'un labeur obstiné, sa production ne fut jamais trop hâtive. Que de fois je l'ai vu, devant son chevalet, examinant avec une sorte de découragement une figure plusieurs fois recommencée et qu'il était prêt à recommencer encore, doutant toujours de lui-même, comme si la perfection de l'idéal

rêvé ne devait jamais sortir de sa palette. Il était habile
pourtant et s'était initié de bonne heure dans l'atelier de
Gleyre, dont il fut l'un des élèves favoris, à toutes les res-
sources, à tous les secrets du métier. C'est de ce maître
éminent qu'il apprit la correction du dessin et le charme
du coloris par lesquels se distinguent aussi bien ses œuvres maîtresses que ses plus légères fantaisies ; c'est à lui
qu'il emprunta aussi cette grâce exquise et cette poésie
intime qui se révèlent dans un si grand nombre de ses
compositions.

Médaillé pour son tableau *Joseph et la femme de Pu-
tiphar* au Salon de 1852, alors qu'il avait à peine vingt-trois
ans — Auguste Toulmouche était né à Nantes, le 21 sep-
tembre 1829 — il eût pu se croire appelé, par ce premier
succès, à devenir un peintre d'histoire ; mais c'est dans
une voie toute différente que sa véritable vocation devait
l'attirer bientôt Les scènes de la vie mondaine, les élégances parisiennes, répondaient mieux, du reste, que les
sujets historiques à ses goûts, à ses habitudes, à son esprit
si primesautier, à son humeur enjouée, et aussi à son
tempérament d'artiste. Alors commença cette longue série
d'œuvres délicates et distinguées dont quelques-unes
étaient de véritables petits poèmes de sentiment qui
eurent bien vite fait de porter à son apogée la renommée
du jeune maître. Parmi ces charmantes toiles que la gra-
vure a popularisées, il me suffit de citer : le *Premier
Chagrin*, le *Lendemain du bal*, *Un Mariage de raison*, le
Lilas blanc, la *Première Visite*, le *Fruit défendu*, la
Toilette, le *Baiser*, l'*Heure du rendez-vous*, la *Lettre
d'amour*, et cette délicieuse tête de femme, au regard
rêveur et comme voilé de mélancolie, que l'empereur Na-
poléon III voulut offrir à l'impératrice Eugénie. Nul ne
savait comme Toulmouche rehausser les grâces du visage
et le charme des attitudes par toutes les coquetteries de la
toilette féminine. Aussi laisse-t-il plusieurs portraits qui,
à différentes expositions, furent particulièrement remar-
qués : entre autres, celui de Mlle Réjane, l'inimitable co-
médienne, et surtout celui de Mme Caron, où la grande

tragédienne lyrique, vêtue d'une robe de couleur claire, qui la drape comme une tunique grecque, s'avance vers son piano, la tête vue dans son profil de médaille, et l'œil comme illuminé par un éclair.

C'est en Amérique, au temps de la grande vogue de l'artiste, que s'en sont allées les meilleures œuvres de Toulmouche ; mais, hélas ! le moment vint où les demandes devenant moins pressantes et plus rares, où les offres étant moins avantageuses, la production dut se ralentir. Ce fut un grand chagrin pour notre pauvre ami que l'infidélité de cette clientèle sur laquelle il croyait pouvoir compter bien longtemps encore et qui tout à coup l'abandonnait. Des droits excessifs venaient de frapper l'importation de la peinture française de l'autre côté de l'Océan, et Toulmouche n'était pas le seul peintre français qui dût recevoir le contre-coup de cette mesure fiscale et être atteint, comme tant d'autres, dans ses intérêts et dans sa fortune, sinon dans sa renommée. Et puis, à quoi bon se le dissimuler? Le goût américain s'était modifié : il allait maintenant à des œuvres plus robustes, plus réalistes, se réglant en cela sur celui de certains amateurs parisiens qui, en ces matières, ont une incontestable autorité. Toulmouche n'en continua pas moins de produire avec cette ardeur qu'il apportait dans tous les actes de sa vie... à obliger ses amis par exemple. Et les nombreuses toiles énumérées dans le catalogue auquel cette notice sert de préface disent suffisamment que le talent de l'artiste, loin de subir l'influence décourageante d'une popularité amoindrie, d'un discrédit immérité, y avait puisé au contraire une sève plus généreuse et une vigueur nouvelle. Elles disent aussi l'effort du peintre, que ses préférences et ses succès passés semblaient confiner dans un genre spécial, pour en sortir et s'élever à des hauteurs de style que ses premières études lui avaient fait entrevoir. C'est au milieu de ces préoccupations, de ces aspirations pour mieux dire, que la mort est venue le surprendre, mort inattendue, foudroyante, et dont la pensée me revient encore comme un cauchemar qui m'obséderait. Je l'aimais d'une affection de frère, ce

brave garçon auquel de longues années d'intimité m'atta-
chaient par un lien solide. Il avait l'âme tendre et le cœur
bon. On lui demandait un service et il semblait que ce fût
lui qui vous demandât la faveur de vous servir. La liste
serait longue de ceux qui, au temps où l'un de ses meil-
leurs amis était le grand dispensateur des récompenses les
plus enviées, ont eu recours à son obligeance empressée
et toujours en éveil, sans avoir des titres bien sérieux à
la mériter. Mais lui s'oubliait toujours, se tenait à l'écart,
et, avec des airs de matamore et des redondances de langage
dont il était le premier à sourire, il était d'une modestie
rare et ne se montrait jamais si heureux que lorsqu'il
pouvait applaudir au succès d'un confrère ou d'un ami. Le
bonheur d'autrui l'intéressait.

Bien des larmes ont pu se sécher, qu'avait fait couler la
perte de cet artiste délicat, de ce galant homme, de ce
spirituel et aimable compagnon qui répandait tout autour
de lui la belle humeur et la gaieté. Mais je sais une dou-
leur, la plus intense, la plus vraie, qui, ravivée dans l'iso-
lement par le souvenir d'une vie heureuse, désormais
brisée, est de celles que le temps adoucit peut-être, mais ne
dissipe jamais.

E. REYER.

DÉSIGNATION

—

TABLEAUX

—

1 — La Toilette.

Haut., 90 cent.: larg., 50 cent.

2 — Le Dernier Coup d'œil.

Haut., 72 cent. ; larg., 50 cent.

3 — Le Bracelet.

Haut., 64 cent. ; larg., 48 cent.

4 — Le Baiser dans la glace.

Haut., 74 cent.: larg., 48 cent.

5 — L'Attente.

Haut., 83 cent.: larg., 52 cent.

6 — Une Réussite.

Haut., 68 cent.; larg., 46 cent.

7 — La Promenade du matin.

Haut., 65 cent.; larg., 42 cent.

8 — Les Inséparables.

> Haut., 60 cent.; larg., 40 cent.

9 — L'Essai du corset.

> Haut., 58 cent.; larg., 36 cent.

10 — Le Baiser d'adieu.

> Haut., 65 cent.; larg., 47 cent.

11 — Les Deux Colombes.

> Haut., 65 cent.; larg., 49 cent.

12 — Femme et Perroquet.

> Haut., 56 cent.; larg., 38 cent.

13 — Bouquetière Louis XVI.

> Haut., 69 cent.; larg., 35 cent.

14 — Jeune Veuve.

> Haut., 63 cent.; larg., 49 cent.

15 — Le Bouquet.

> Haut., 46 cent.; larg., 30 cent.

16 — Une Suédoise (tête).

> Haut., 43 cent.; larg., 36 cent.

17 — Confidence.

> Haut., 53 cent.; larg., 65 cent.

18 — La Promenade dans le parc.

> Haut., 65 cent.; larg., 45 cent.

19 — Le Portrait de l'absent.

Haut., 80 cent.; larg., 46 cent.

20 — Jeune Femme cueillant des roses.

Haut., 62 cent.; larg., 42 cent.

21 — Fumeuse (épaule découverte).

Haut., 30 cent.: larg., 22 cent.

22 — Fumeuse (manteau blanc).

Haut., 30 cent.; larg., 22 cent.

23 — Le Loup.

Haut., 61 cent.; larg., 38 cent.

24 — L'Innocence en danger.

Haut., 74 cent.; larg., 50 cent.

25 — Bonjour !

Haut., 42 cent.; larg., 30 cent.

26 — Jeune Femme regardant des bijoux.

Haut., 75 cent.; larg., 48 cent.

27 — Jeune Mère.

Haut., 48 cent.; larg., 35 cent.

28 — Tête à tête.

Haut., 55 cent.: larg., 39 cent.

29 — La Signature du bien-aimé.

Haut., 59 cent.: larg., 32 cent.

30 — *La Toilette des fleurs.*
Esquisse.

Haut., 60 cent.: larg., 40 cent.

31 — *Témoignage de satisfaction.*
Esquisse.

Haut., 59 cent.; larg., 35 cent.

32 — *Baiser d'adieu.*

Haut., 63 cent.: larg., 42 cent.

33 — *Distraction.*

Haut., 65 cent.: larg., 49 cent.

34 — *La Toilette des fleurs.*
Esquisse.

Haut., 48 cent.; larg., 30 cent.

35 — *Fin d'un Souper.*
Esquisse.

Haut., 57 cent.; larg., 40 cent.

36 — *L'Innocence en danger.*
Esquisse.

Haut., 78 cent.; larg., 53 cent.

37 — *Le Baiser dans la glace.*
Esquisse.

Haut., 81 cent.; larg., 47 cent.

38 — *Lecture du billet.*

Haut., 69 cent.; larg., 49 cent.

39 — *Une Lecture difficile.*

Haut., 65 cent.: larg., 54 cent.

40 — *Le Baiser d'adieu.*
Esquisse.

Haut., 65 cent.; larg., 44 cent.

41 — *Le Baiser d'adieu.*
Esquisse.

Haut., 54 cent.; larg., 31 cent.

42 — *Une Tête blonde.*
Etude.

Haut., 46 cent.: larg., 36 cent.

43 — *Une Tête blonde.*
Etude.

Haut., 46 cent.; larg., 35 cent.

44 — *Femme respirant le parfum d'une rose.*
Esquisse.

Haut., 46 cent.; larg., 30 cent.

45 — *La Cigarette.*

Haut., 46 cent.; larg., 30 cent.

46 — *La Cigarette.*
Esquisse.

Haut., 46 cent.: larg., 30 cent.

47 — *L'Envoi d'un baiser.*

Haut., 18 cent.: larg., 15 cent.

48 — *Femme au collier de fleurs.*

Haut., 22 cent.: larg., 16 cent.

49 — Femme au manteau de fourrure.

Haut., 18 cent.; larg., 16 cent.

50 — Rêverie.

Haut., 20 cent.; larg., 18 cent.

51 — Femme rattachant ses cheveux.
Esquisse.

Haut., 50 cent.; larg., 18 cent.

52 — La Prière.

Haut., 32 cent.; larg., 24 cent.

53 — La Prière.
Esquisse.

Haut., 32 cent.; larg., 24 cent.

54 — Jeune Fille tirant la langue à Voltaire.
Esquisse.

Haut., 52 cent.; larg., 42 cent.

55 — Le Fruit défendu (étude des têtes).

Haut., 62 cent.; larg. 47 cent.

56 — L'Écrin.
Esquisse.

Haut., 43 cent.; larg., 33 cent.

57 — Bonjour! (étude des têtes).

Haut., 19 cent. 1/2; larg., 13 cent. 1/2.

58 — Le Parfum de la rose.

Haut., 32 cent.; larg. 18 cent. 1/2.

59 — *Le Nid abandonné.*
Esquisse.

Haut., 48 cent.; larg., 28 cent.

60 — *Nonchalance.*
Esquisse.

Haut., 21 cent.; larg., 15 cent. 1/2.

61 — *La Botte de fleurs.*
Esquisse.

Haut., 18 cent. 1/2; larg., 15 cent. 1/2.

62 — *La Jolie Servante.*

Haut., 20 cent. 1/2; larg., 17 cent.

63 — *Fleurs au corsage.*

Haut., 36 cent.; larg., 23 cent.

64 — *Un Souper après le bal.*

Haut., 53 cent.; larg., 40 cent.

65 — *La Réussite.*
Esquisse.

Haut., 65 cent.; larg., 45 cent.

66 - *L'Attente.*
Etude.

Haut., 46 cent.; larg., 33 cent.

67 — *Le Dernier Coup d'œil.*
Esquisse.

Haut., 65 cent.; larg., 43 cent.

68 — *Parisienne (tête).*

Haut., 19 cent.; larg., 15 cent.

69 — *Bonjour (têtes).*

> Haut., 22 cent.; larg., 17 cent.

70 — *Le Baiser dans la glace.*
Etude.

> Haut., 48 cent.; larg., 29 cent.

71 — *Le Sommeil.*
Etude.

> Haut., 21 cent.; larg., 32 cent.

72 — *Chagrin.*

> Haut., 20 cent.; larg., 17 cent.

73 — *Femme et Perroquet.*

> Haut., 59 cent.; larg., 43 cent.

74 — *Confidence.*
Etude.

> Haut., 43 cent.; larg., 51 cent.

75 — *Femme et Perroquet.*

> Haut., 58 cent.; larg., 37 cent.

76 — *Femme à sa toilette.*

> Haut., 50 cent.; larg., 32 cent.

77 — *Au Revoir!*

> Haut., 35 cent.; larg., 21 cent.

78 — *Promenade dans le parc.*
Esquisse.

> Haut., 41 cent.; larg., 31 cent.

79 — *Le Portrait du bien-aimé.*

Haut., 41 cent.; larg., 38 cent.

80 — *Une Tête.*

Haut., 36 cent.; larg., 30 cent.

81 — *Le Dernier Coup d'œil.*

Haut , 50 cent.: larg., 30 cent.

82 — *La Prière.*

Esquisse.

Haut., 31 cent.; larg., 24 cent.

83 — *Etude de Femme.*

Haut., 38 cent.; larg., 29 cent.

84 — *Femme en prière.*

Esquisse.

Haut., 47 cent.; larg., 30 cent.

85 — *Tête de Femme ornée de sequins.*

Haut., 31 cent.; larg., 27 cent.

86 — *En prière.*

Haut., 36 cent.; larg., 28 cent.

87 — *La Prière.*

Haut., 33 cent.: larg., 25 cent.

88 — *Le Parfum d'une rose.*

Esquisse.

Haut., 31 cent.: larg., 11 cent.

89 — *L'Odalisque parisienne.*

Haut., 28 cent.: larg., 25 cent.

90 — La Réussite.
Esquisse.

Haut., 35 cent.; larg., 26 cent.

91 — La Réussite.
Esquisse.

Haut., 35 cent.; larg., 26 cent.

PASTELS

92 à 99 — Huit études.

OBJETS DIVERS

100 — Tableau de l'école ancienne, figures sur fond or.

101 — Buste de Pajou, par Houdon (terre cuite), ayant figuré à différentes Expositions de l'Art rétrospectif.

102 — Cuirs et Étoffes à l'usage des artistes.
Ce numéro sera divisé.

1702 — Paris, Imp. J. Kugelmann, 12, rue de la Grange-Batelière.